KB079251

네가 알고 있는 것보다 더
내가 표현하는 것보다 더
너를 사랑해.
내가 줄 수 있는
모든 사랑과 행복
너에게 다 줄게.

존재 자체로 세상에서

가장 귀하고 소중한 _____

오늘도 너라서

김용선 지음

좋은땅

목차

너만의 숲이 되어 줄게

누군가를 온전히 좋아하고

아껴 줄 수 있다는 건

참 행복한 일인 거 같아.

오랜 시간

삶의 소중한 시간을

지치지 않고

함께할 수 있도록

네 편이 되어

언제든 편히

쉬어 갈 수 있는

너만의 숲이 될게.

오늘도 너라서

그래서 그랬나 봐

너의 말투
너의 몸짓
너의 모든 게
그대로였다.
그래서
더 설레었나 보다.
널 만난 날은
추운 겨울이었지만
춥지 않았다.
너의 마음이
너무 따뜻해서
그래서 그랬나 봐.

넌 내게 보물

보고 싶은 마음조차
잊고 살았던
지난날들.
보고 싶은 마음이
늘 마음속 깊이
자리하고 있었나 보다.
넌 그때도 지금도
너무나 귀하고 소중한
보물이다.

보고 싶다

자꾸만
네가 보고 싶다.
보고 나 돌아서면
더 가슴 시리게 보고 싶다.
너 없이
그 수많은 시간들을
어떻게 참고
견뎠을까?

넌 그럴 자격이 충분해

지금까지도
충분히 잘해 왔고
잘하고 있단다.
지금부터 넌
모든 근심, 걱정들은
바람에 실어 보내고
기쁨과 웃음 가득한 일들만
네 마음속에 가득 채워서
매일매일
감당 못 할 만큼
행복하기만 해.
넌 그럴 자격이 충분해.

오늘도 너라서

참 좋은 너라서

네가 있어서
그게 너라서
너라는 세상에
살게 해 줘서
참 좋은 너라서
오늘도 고맙다.

사랑해

난 말이야.
오늘의 너도
어제의 너도
내일의 너도
너무 많이
사랑했고
사랑하고
사랑할 거야.

오늘도 너라서

함께

마음을 간직한 채
서로 다른 모습으로
살아왔지만
너의 모습 그대로를
소중하게 받아들이고
간직할 거야.
너의 그 마음이
너무 고맙고 사랑스러워.
우리 서로 오래도록 영원토록
함께하자.

서로가 서로에게

서로 다른 둘이 만나
서로 닮아 가려고 애쓰기보다
서로를 인정하고
그 다름을
사랑할 수 있을 때
지치지 않고
상처 받지 않고
오래오래
함께할 수 있을 거야.

오늘도 너라서

아낌없이 줄 거야 1

너는
가늘고 길게 오래 가기를 바라지만
난
주어진 시간을
많이 사랑하고
많이 그리워하고
많이 아껴 주고
많이 보고 싶어 할 거야.
지금 이 시간은 지나고 나면
다시는 되돌아오지 않으니까.
마음이라는 게
늘 같을 수 없는 거라서
마음을 줄 수 있을 때
아낌없이 주는 게 맞는 거 같아.
그래서 난
지금 내 마음이 하라는 대로
아낌없이 다 줄 거야.

애쓰지 않아도 돼

있는 그대로의 너를
좋아하는 거니까
잘하려고
애쓰지 않아도 돼.
넌 존재 자체로
내게 너무나도
큰 행복이고
선물이니까.

Designed by YoonMoonhee

오늘도 너라서

네가 참 고맙다

오늘도 난
네가 참 고맙다.
따뜻하고 소중한 네가
내게 와 줘서.
내게 감당 못 할 만큼 행복을 주니까
마음이라는 게
수학 공식처럼
정답이 있는 게 아니라서
그래서 좋아.
내가 널 얼마나 좋아할지
얼마나 아껴 줄지
얼마나 보고 싶어 할지
얼마나 많은 사랑을 줄지
정답이 없어서 좋아.
근데 있잖아.
난 있잖아.
세상에서 오직 한 사람
너만 사랑하는 나는
너에게 정답이야.

그냥

굳이가 아니라
그냥이라는 걸
네 마음이
순수한 따뜻함이라는 걸
난 이미 알아 버렸단다.
그래서 나의 하루하루가
더 포근하고 든든한 거야.

난 너에게

우리가 어제 무슨 일이 있든

어떤 생각을 하든

매일매일

아침이면 해가 뜨고

밤이 되면 달이

어둠을 비추고

별들이 빛나듯

네가 날 찾지 않는 날에도

난 너에게

매일매일

해가 되고 달과 별이 되어

너의 곁에서 늘

함께하고 있단다.

너에게 갈 수 있게

아껴 줄 수 있는 만큼

아껴 주고

좋아할 수 있는 만큼

좋아하고

보고 싶어 할 수 있는 만큼

보고 싶어 하고

밤이고 낮이고

언제 어디서든

너에게 갈 수 있게

문을 열어 준다면

그보다 더 행복한 일이 있을까?

오늘도 너라서

네가 참 좋아

네가 있어서
참 좋아.
따뜻하고 편안한 네가
참 좋아.
너의 모든 게
다 좋아.
널 만나러 가는 길은
먼데도 가깝고
시간이 없다가도 넘치고
에너지가 방전되어 있다가도
가득 채워지고
너를
못 보면 보고 싶고
보고 있어도 보고 싶고
보고 나면 더 보고 싶어지고
참 신기한 일이야.

소중한 너라서

너를

아주 많이

좋아하나 봐.

오늘도

소중한 너라서

첫눈처럼 설레고

봄날의 햇살처럼 따사롭고

가뭄에 내리는 단비처럼 감사하고

들판의 곡식들이 무르익어 가는

가을처럼 풍성하고 넉넉한

너의 마음도

참 좋아.

어제도 오늘도

네가 있어서

너라서 참 좋다.

오늘도 소중한 너라서.

네가 있어서

오늘도
난 너를 많이 사랑하고
네가 많이 보고 싶은
하루가 될 것 같아.
보물같이 귀하고 소중한
너의 하루가
힘들지 않고
웃음 가득한 날 되길
떠올리기만 해도
미소가 지어지고
아무런 이유 없이
기분이 좋아지는
네가 있어서
나의 오늘도
행복을 머금는다.

너만을 위한 저금통

너를 사랑하는

그 소중한 마음들을

차곡차곡 모아 모아

너만을 위한

너를 위한

마음의 저금통이 있단다.

네가 힘들고 지칠 때

위로받고 싶을 때

에너지 충전이 필요할 때

언제든 어디서든

꺼내 쓸 수 있게

늘 가득 채워 둘게.

비밀번호는

너와 내가 처음 만난 날이야.

오늘도 너라서

너의 마음

꽃도 이쁘고
봄 햇살도 따사로운데
너의 마음은
더 이쁘고
더 따뜻하다.

너를 만나고

너를 만나고
난 참
좋은 사람이 되고 싶어졌다.
아주 많이
멋진 사람이 되고 싶어졌다.
매 순간
감사하며 살고 싶어졌다.
좋은 게 있으면
제일 먼저
너와 함께하고 싶어졌다.
나의 모든 일상과 마음이
너로 가득 채워졌다.
지금 너는
나의
우주가 되었다.

날씨

어느 순간
너는 나의 날씨가 되었다.
네가 맑은 날은
나도 맑았고
네가 흐린 날은
나도 흐렸다.
그런데 이제는
내가 너의 날씨가 되어 주려고 해.
너의 매일매일을
아주 맑고
따뜻하게 해 주고 싶어졌어.
너의 모든 날들을
봄날의 햇살로
가득 채워 줄게.

그냥 네가 좋은 거야

마음을 덜 준다는 게
어떤 건지 잘 모르겠어.
마음껏 주는 것보다
덜 준다는 게 더 힘든 거 같아.
네가 내 곁에 있는 것만으로도
너무 감사하고 행복해서
그냥 마음이 하는 대로
전혀 애쓰지 않고 있는데.
난 그냥 네가 좋은 거야.

오늘도 너라서

시간

아픈 상처는
시간이 지나면
점점 아물어 가고
사랑하는 마음은
시간이 지나면
더 깊어만 간다.

기준

너는 너의 기준에서
최선을 다하고 있을 텐데
내가 정한 기준에서
부족한 거야.
그래서 오해가 생기고
서운함이 생기는 건
나의 기준에서
생각하기 때문인 거니까.
오해와 서운함을 줄이려면
나의 기준을
너의 기준에
맞추면 되는 거야.

오늘도 너라서

아낌없이 줄 거야 2

지금은
다시 돌아오지 않아.
그래서 난
매 순간순간
누군가에게
아낌없이 마음이
그러라 하면 그러려고 해
상처 받는다는 생각은
무언가를 바라고
시작해서 그러는 거야.
난 너에게
그런 마음이 아니니까
괜찮아.
상처 받지도
후회하지도
않을 거야.

난 말야

지금은

누군가로 인해

나의 매 순간이

행복으로

가득 채워져 있으니까

그걸로 충분히

감사한 일이지.

지나고 나서

상처 받을까 겁이 나서

지금 마음을 숨기고

참는 어리석음은

범하고 싶지 않아.

그래서 난 말야.

보고 싶으면 보고 싶다 말하고

좋아하면 좋아한다 말하려고 해.

괜찮아

아무리
삶이 힘들어도
난 괜찮아.
내 안에 소중한 꿈이 있고
따스한 맘이 있고
그 맘을 전할 소중한
네가 있으니까.

누군가가 별이라면

누군가가
별이라면 좋겠어.
매일 밤하늘을 올려다보면
볼 수 있으니까.
누군가가
해님이라면 좋겠어.
매일 아침 눈을 뜨면
볼 수 있으니까.
매일매일
네가 너무 보고 싶으니까.

길들여지기

누군가를 만난다는 건
알아 가고
길들여져 가는 것이다.
누군가에게
길들여지고 싶다는
마음이 생겼다.

마음과 마음

서로 다른 마음과 마음이 만나서
하나의 마음이 되면
그보다 더 행복한 일이 있을까?
그런데 그 마음이라는 게
서로 크기도 다르고 모양도 달라서
하나의 마음이 된다는 게
그리 쉬운 게 아닌 거야.
주려는 마음이 너무 크면
받는 마음이 부담스러울 수 있고
그 부담스러움에
주려는 마음이
상처 받을 수 있으니까.
마음과 마음이 하나 된다는 게
참 어려운 일인 거야.
그래서 함께하고 있는 내 곁의
소중한 인연들이
정말 감사하고 고마운 거야.

오늘도 너라서

좋은 사람

그냥 좋은 사람은
아무 이유 없이 좋고
받는 거 없이 고맙고
생각만 해도 미소 지어지고
보고 있어도 보고 싶고
아주 사소한 말과 행동에
행복하기도
상처 받기도 하고
모르는 사이에 조금씩
스며들어 가는 것 같아.
누군가를 좋아하면 말야.

노력으로 안 되는 게 있어

노력으로 안 되는 게
마음인 거 같아.
내가 좋아하는 사람이
다른 사람을 좋아하거나
나를 좋아하는 사람은
내가 관심이 없거나.
마음이라는 게
노력으로는 안 되는 거라서.

너라서 그랬나 봐

너라서 그랬나 봐.

그냥 너라서

그니까

네가 좋았나 봐.

어쩌면 처음부터 그랬나 봐.

내가 행복한 이유

내가 오늘 이렇게 행복한 이유는

너라는 소중한 보물이

곁에 있기 때문이야.

네가 있어서 웃을 수 있고

네가 있어서

걱정이라는 녀석과도

마주할 수 있고

네가 있어서

사랑이라는 녀석과도

매일 함께할 수 있단다.

네가 이 세상에 온 그날부터

내게는 너무나 고맙고

과분하고

소중한 존재가 되었단다.

그래서

난 오늘도 널

아주 많이

후회 없이 사랑할 거야.

사랑해.

너라서 오늘도 고맙다.

오늘도 너라서

인연

만날 인연이라면
애쓰지 않아도
언젠가는
만나게 된다.

너의 곁에서

네가
바다를 항해하고 있는 항해사라면
나는 너의 등대가 돼 줄 거야.
네가 하늘을 비행하는 기관사라면
나는 너의 관제탑이 돼 줄 거야.
네가 길을 잃지 않도록
네가 사막을 걷다 목이 마르면
나는 너의 오아시스가 돼 줄 거야.
더운 날에는 나무 그늘이 돼 주고
추운 날에는 따뜻한 온실이 되어 줄게.
늘 네가 있는 곳에서
가장 가까이 너를 지켜 줄게.

함께 걸어 줄게

네가 가는 길이 오르막이면
뒤에서 조금씩 밀어 주고
내리막이면 뒤에서 살며시 당겨 주고
그 길이 평지라면 옆에서 함께
너의 속도에 맞춰서 함께 걸어 줄게.
언제 어디서라도 네가 가는 길이
힘들지 않게
항상 곁에 있어 줄게.

오늘도 너니까. 너라서

그냥

웃음이 나와.

너만 보면

그냥

행복해져.

너만 생각하면

그냥

걱정이 돼.

너라서

그냥

궁금해져.

너의 소소한 일상까지도

그냥

기도하게 돼.

네가

아주 많이 행복하기를.

그냥

아무 이유 없이

네가 좋아.

오늘도 너니까. 너라서.

참 좋다

보고 싶다는 말을
할 수 있어서 참 좋다.
좋아한다는 말을
할 수 있어서 참 좋다.
고맙다는 말을
할 수 있어서 참 좋다.
오늘도
네가 있어서 참 좋다.

내게 선물

너를 생각하는 이 시간들조차
내게는 너무 사치스러울 만큼 감사하다.
네가
힘들지 않기를
밥 잘 챙겨 먹기를
아프지 않기를
너의 모든 순간이
행복으로 가득하기를
매일 기도한다.
보고 싶고
사랑하는
네가
나의 하루에 들어왔다.

오늘도 너라서

단비처럼

네가 내게로 처음 온 그날은
가뭄에 내리는 단비처럼
참 행복했다.
이렇게 운명 같은 인연이 되어
보고 싶을 때 볼 수 있는
기적 같은 일이
일상에 스며들지
상상도 못 했다.
너와 함께하는
소소한 일상조차
소중해서
매일매일
마음속 앨범에 차곡차곡
쌓아 본다.

비탄력적인 존재

난 요즘
네가 있어서
행복하고
네가 있어서
하루하루가 더 귀하고
참 소중해졌단다.
어쩌면 너를 만난 후로
나의 행복 지수가
급격히 높아진 거 같아.
너는 내게 너무나도
비탄력적인 존재란다.
그 무엇과도 대체할 수 없는
너의 가치는 가격으로 정할 수가 없는
세상에 단 하나뿐인
너무나도 귀한 보물 같은 존재거든.
그런 보물이 내 눈앞에 있다는 게
아직도 믿기지 않아.
내게로 와 줘서 정말 고맙다.

오늘도 너라서

아깝지 않은 마음

"사랑한다."

"보고 싶다."

말할 수 있고

매 순간

챙겨 주고

아껴 주고 싶은

주고 또 줘도

아깝지 않은 마음이

내게 생겨나게 해 주는

네가 있어서

정말 고맙다.

Designed by 신MooYou

기다려지는 사람

만나러 오가는 길이 멀게 안 느껴지고
밤이 되면 가슴 설레게
기다려지는 사람이 있어서
참 좋다.
너의 하루가 궁금해서
미치게 보고 싶어서
하루가 일 년처럼 너무 길게 느껴진다.
너를 만나서 하는 소소한 것들
밥을 먹고 차를 마시고
사소한 이야기들조차
이렇게 귀하고 간절한 거였구나 하고
새삼 감사하게 느껴지는 시간이었어.
네가 너무 소중해서 가슴이 시리다.

오늘도 너라서

오늘도 너라서

오늘도 너라서

언제 어디서든

네가 걸어온 삶의 여정이

너무 큰 가치와 의미가 있고

그 한 걸음, 한 걸음

내딛는 과정들 속에서

힘든 날도 행복한 날도 있었을 거야.

지금 아프고 힘든 게 있으면

그만큼

네가 잘 살아왔다는 거고

앞으로 더 잘 살아가기 위한

예방주사 같은 거니까.

울고 싶을 때 펑펑 울고

기대고 싶을 때 맘껏 기대고

온전한 네 편이 되어

언제 어디서든 네 곁에서

기다리고 힘이 되어 줄

내가 여기에 있단다.

Designed by HaeMoonhee

기적 같은 너니까

내가 살아가는 동안
매 순간
널 아주 많이 아끼고
아주 많이 사랑하는
마음을
감추고 지나치지 않을 거야.
지금은 지나고 나면 영원히
돌아오지 않으니까.
어제의 소중한 너도
오늘의 귀한 너도
내일의 선물 같은 너도
내게는 가슴 벅차게
사랑했고 사랑하고 사랑할
내게 너무나도 기적 같은 너니까.
보고 싶다.
오늘은
네가 참 많이 그립다.

시간이 약

가끔은 체념이 아닌
여유를 가지고
머리 아파하지 말고
조급해하지 말고
흘러가는 시간 속에
몸과 마음을 맡겨 봐.
시간이 약이 되는 순간이 있을 거야.

평생토록 영원토록

상처 받을까 두려워
내 마음의 소리를 멀리하는
어리석은 짓은
하지 않을래.
보고 싶다 말하고
좋아한다고 말하고
사랑한다고 말하고
시간이 안 돼도 만나고
잠깐이라도 만나고
내 마음의 소리에
나를 맡기려고 해.
나의 너를
평생토록 영원토록
아끼면서 위하면서
너의 곁을
너의 뒤를
함께할게.
사랑한다.
너를
나의 너를.

오늘도 너라서

늘 너의 곁에서

네가 참 좋은 사람이라서
너보다 다른 사람들의 마음이
걱정되어
먼저 어루만져 주고
너의 상처는
깊어지는 것도 모른 채
그렇게 살아가는 거 같아.
그래서 난 말이야.
너만을 위해서
네가 맘껏 울 수도
웃을 수도 있게
내 어깨와 내 품을 내어줄 거야.
늘 너의 곁에서.

내 꺼 할래

그냥
내 꺼 할래.
무조건
사랑할래.
매일매일
말해 줄래.
사랑한다고
좋아한다고
너밖에 없다고
너라는 세상에서
너와 나 둘만의 숲에서
영원히 살고 싶다고
너와 함께면 어디든 괜찮다고.

너라는 세상 1

너라는
따뜻하고 포근한 세상에
나를 있게 해 줘서
너무 고마워.
너의 세상 안에서
나는 지금
너무 행복한 시간을
마주하고 있어.

Designed by YooMoonHwa

너라는 세상 2

너라는 세상이
나를 행복하게
나를 웃게
나를 설레게 한다.
이렇게 따뜻하고
포근한 너라는 세상
그 안에서
너와 오래도록
함께할 거야.

오늘도 너라서

소중한 나의 사람아

아침에 눈을 뜨면
제일 먼저 생각나는
소중한 나의 사람아.
나의 하루를
오늘도 설렘으로
가득하게 해 주는
소중한 나의 사람아.
밥은 먹었는지,
아픈 데는 없는지,
오늘은 누굴 만나는지,
무얼 하는지,
속상한 일은 없는지,
많이 웃었는지,
사소한 거 하나하나 궁금해지는
소중한 나의 사람아.
너의 하루 안에 들어가
그 시간을 함께하고 싶다.

꽃에 물을 주듯

사랑은 줄수록 기쁘고

받으면 더 행복해서

너에게는 나의 사랑을

나에게는 너의 사랑을

꽃에 물을 주듯

흘러넘치지 않게

매일매일

소중한 마음 가득 담아

사랑을 주고 또 주면 좋겠다.

네가 꽃을 보고 미소를 머금듯

나도 너에게

보고만 있어도

기쁨이 되는

너만의 사랑이 되고 싶다.

오늘도 너라서

네가 곁에 있으니까

아무리 삶이 힘들어도
나는 괜찮아.
내 안에 소중한 꿈이 있고
따스한 맘이 있고
그 맘을 전할
네가 곁에 있으니까.

행복 저축

소소한 행복을
저축하다 보면
그 행복들이 단단히 채워져서
힘든 일이 있어도
다 이겨 낼 수 있을 거야.
오늘도 소소한 행복들을
저축해 보자. ♪♪

오늘도 너라서

태어나 줘서 고마워

사랑한다고 말하고 또 해도
부족하기만 한 내 사랑아.
너는 이 세상에 태어난 것만으로도
너무나 대단한 일을 한 거야.
내게 이렇게 큰 행복을 주니까.
내 전부가 되어 주니까.
태어나 줘서 고마워

Designed by 나Moohoo

너만의 시간이 되어

나한테 넌 그냥 세상 전부야.
나한테 올 때는 멈칫할 필요도 없고
오고 싶을 때 오고
가고 싶을 때 가고
네가 하고 싶은 대로 다 해도 돼.
너한테만 널 위해서만
너만을 위한 쉼터를 가꾸고 있을게.
오직 너만의 공간이
너만의 시간이 되어.

오늘도 너라서

사랑한다. 보고 싶다

사랑한다.

사랑한다.

사랑한다.

......

아침에도

낮에도

밤에도

매일같이 반복해서

해도 해도

또 해 주고 싶은 말

사랑한다.

보고 싶다.

보고 싶다.

보고 싶다.

수천 번

수만 번을 말해도

또 해 주고 싶은 말

보고 싶다.

네가 참

보고 싶다.

오직 한 사람

너한테 오직 한 사람.

너를 숨 쉬게 해 주고

너의 아픔

너의 슬픔은 반으로 나눠 주고

기쁨과 행복은

두 배로 함께해 줄게.

오직 너에게만

그렇게.

오늘도 너라서

너무 좋아

마음과 마음이 하나가 된다는 게
정말 어려운 거잖아.
그래서 나는 네가 너무 고마워.
내가 너무 사랑하는 네가
나를 바라봐 주고 있으니까.
너의 마음과 감정들
그리고 생각하고 고민하는 것들을
이야기해 줘서.
처음이라는 말도 너무 행복하고
너한테만이라는 농담 섞인 말도
너무 좋고
보고 싶다는 말도
사랑한다는 말도
걱정해 주는 네 맘도
고맙고 너무 좋아.
언제나 네가 손 내밀면
바로 닿을 곳에
내가 있을게.

참 고마운 너라서

넌 내게 참 고마운 사람이야.

매일 눈뜨자마자

네 생각에

미소로 가득 채워지는

하루를 시작할 수 있고

잠자리에 누우면

참 좋은 네 생각에

마음이 너무 따뜻해져서

벅찬 행복에

하루를 편안하게 마무리한다.

참 고마운 너라서

오늘도 너무 사랑해.

너에게 나는

네가 세상에 전부인 나
너 아니면 안 되는 나
네가 제일 우선인 나
헤어지자는 말 말고는
다 들어줄 수 있는 나
네가 좋으면 다 좋은 나
너만 아끼고 사랑하는 나
그런 내가 너의 곁에
언제나 함께할게.

소중한 너

기쁜 날, 슬픈 날
비가 와도
눈이 와도
바람이 불어도
네가 생각나고
햇살이 눈부신 날에도
별들이 밝게 빛나는 날에도
너만 생각나.
참 소중한 너.
당연히 행복하고
당연히 사랑받아야
마땅한 참 소중한 너.

오늘도 너라서

나의 하루

너와 함께하는
나의 하루.
너로 아침을 열고
너로 닫는 밤.
그런 나의 하루만큼
행복한 날이 있을까?

행복이 날아들었다

행복이 날아들었다.

너라는 행복이

내게 날아들었다.

내 마음의 문틈 사이로

슬며시 네가 날아들었다.

내 허전한 마음이

너로 가득 채워진다.

꽃처럼 향기로운 내음과

햇살처럼 따뜻한 너의 온기로

가득 채워진다.

내게 와 줘서

이 새벽이

이 어둠이

너라는 행복으로 물든다.

오늘도 너라서

너도 힘든 거니?

나만 힘든 거니?

혹시 너도 힘든 거니?

우리 모두 다 힘든 거니?

나는 네가 늘 행복해 보이고

너는 내가 늘 행복해 보인다고.

우린 서로가 서로에게서

행복한 모습들만을 보려고 하는 거 같아.

근데 그거 아니?

나도 힘들고

너도 힘들고

우리 모두 행복해 보이는 모습 뒤로

힘겨운 시간을 견디고 있을지도 모른다는 걸.

우리 조금만 더 힘내 보자.

끝나지 않을 것 같은

어둠 가득한 터널도 지나면

눈부시게 밝은 빛이

우리를 기다리고 있다는 걸.

끝나지 않는 터널은 없으니까.

해와 달

해는 오늘 늦잠을 자나 보다.

달이 해를 기다린다.

밤새도록 밤하늘을 밝게 비추느라 피곤할 텐데

오늘은 해가 많이 보고 싶은가 보다.

지친 몸을 뒤로하고 해를 기다린다.

내가 너를 기다리듯

달이 해를 기다린다.

해가 기지개를 켜고 아침을 연다.

달은 마음을 들킬까 얼른 몸을 숨긴다.

달이 숨은 하늘에

해는 달의 기다림을 모른 채

하루를 살아간다.

달은 해가 잘 지내고 있는 것만으로도

행복을 찾는다.

달은 그렇다.

나도 그렇다.

Designed by MoonMoonhoo

너는 나에게 나는 너에게

너는 표현에 익숙하지 않다고 말한다.
좋아하는 마음을 표현하면
멀리 달아날 것 같아 두렵다고 말한다.
마음속 깊은 곳에 고이 간직해야
오래 갈 것 같다고 말한다.
꼭 말로 표현해야 아냐며
나에게 말한다.
나는 그런 너에게 말한다.
좋아하는 마음 전부 다 표현할 거라고
후회 없이 아낌없이
모두 다 너에게 마음 깊은 곳
숨겨진 사랑들까지 꺼내어
너에게 표현할 거라 말한다.
너는 나에게
나는 너에게
같은 마음이지만 다르게 말한다.

곁에만 있어도

나의 특별하지 않은 하루를 궁금해하고
나의 이야기에 마음을 다해 귀 기울여 주고
내가 속상한 일이 있으면 더 많이 속상해하고
기쁜 일이 있으면 두 배로 기뻐해 주는
따뜻한 사람.
나의 행복이 자기의 행복이라며
사랑한다, 보고 싶다는 말을
너무 쉽게 건네주는 사람.
나의 색깔을 자기의 색깔로 물들이지 않고
그대로 인정해 주는 사람.
그냥 곁에만 있어도 너무 든든해서
세상 두려운 것 없게 만들어 주는 사람.
늘 따뜻한 말과 표현을
아낌없이 전하는 사람.
그냥 보고만 있어도 미소가 지어지는 사람.
그런 사람과 오래오래 함께하고 싶다.

오늘도 너라서

너라는 그리움

너라는 그리움이 있어서
네가 아니면 느낄 수 없었을
기쁨을 내게 안겨 줘서 고마워.
네가 아니면 누릴 수 없는
기적 같은 시간들을
살게 해 줘서 고마워.
너라서 너랑만 하고 싶은 것들을
할 수 있게 해 줘서 고마워.
너라서 나의 전부 내 꺼라서 고마워.
너라는 그리움이 밀려오는 그 시간이
다가와도 이제는 맘껏 즐길 수 있어
만날 수 있는 우리니까.

반달

반달은

늘 그리움을

품고 사는 거 같아.

오늘 밤도

어두운 하늘에

홀로 남아

무엇이 그리 부끄러운지

얼굴의 반을 가리고

누구를 보고 있는 걸까.

누구를 비춰 주고 싶은 걸까.

누구를 기다리는 걸까.

부끄러움이 조금 덜해지면

둥근달이 되어

그리움 가득한 누군가를

만날 수 있겠지.

내 마음

너 하나만
보고 싶고
너 하나만
생각하고
너 하나만
사랑하고
너 하나만
아끼고 싶은
너 하나만
내 안에 간직하고 싶은
마음
지금 내 마음.

너의 소소한 일상이 궁금해졌어

언제부터인지

너의 소소한 일상이

궁금해지기 시작했어.

잠은 잘 잤는지

밥은 맛있게 먹었는지

봄이면 이쁜 꽃을 보며 환한 미소로

행복을 누리고 있는지

여름이면 더위에 지치지는 않았는지

가을이면 싱그러운 바람을 느끼며

여유로움을 만끽하고 있는지

겨울이면 옷은 따뜻하게 챙겨 입었는지

웃는 일이 많은 하루였는지

힘든 일이 많은 하루였는지

하루의 끝이 고단하지는 않은지

너의 소소한 일상이 궁금해진 그 순간부터

네가 특별해지기 시작했어.

아니 어쩌면

네가 특별해지기 시작한 그 순간부터

너의 소소한 일상이 궁금해진 거 같아.

오늘도 너라서

정(+)의 효과

마음이 마음과 만나서

서로가 서로에게

다정한 말을 건네고

다정하게 손을 잡아 주고

다정하게 안아 준다면

그보다 더한 행복이 있을까?

다정하고 따뜻한 말은

상대의 자존감을 높여 주고

나 자신의 자존감 또한 높여 주는

정(+)의 효과를 가져오는 거 같아.

가장 어려우면서도 가장 쉬운 게

서로가 서로를 감싸 주고 안아 주는 거 같아.

너는 나에게 나는 너에게

서로가 서로에게

기쁨과 행복을 주는

정(+)의 효과로

오래오래 함께하자.

Designed by KimMinho

오늘도 너라서

ⓒ 김용선, 2024

초판 1쇄 발행 2024년 4월 27일
　　　 2쇄 발행 2024년 5월 30일

지은이　　김용선
삽화　　　윤문선
펴낸이　　이기봉
편집　　　좋은땅 편집팀
펴낸곳　　도서출판 좋은땅
주소　　　서울특별시 마포구 양화로12길 26 지월드빌딩 (서교동 395-7)
전화　　　02)374-8616~7
팩스　　　02)374-8614
이메일　　gworldbook@naver.com
홈페이지　www.g-world.co.kr

ISBN　979-11-388-3047-8 (03810)